María Teresa Urueña Leivas

MANDARINO

Se despide

© Obra: MANDARINO SE DESPIDE

Primera edición: Diciembre, 2025

© Autora: MARÍA TERESA URUEÑA LEIVAS

ISBN: 979-13-88066-09-2
Depósito Legal: M-25482-2025

Fotografías: María Teresa Urueña Leivas

Gestión, promoción y distribución: Límbica Ediciones S.L.
C./ Puentelarra, 68, 2º A, 28031 Madrid. España.
Tlf: 0034 91 3117696 // Email: pedidos@limbicaediciones.es
www.visionnet-libros.com

Disponible en las principales librerías.

Este libro no podrá ser reproducido, ni parcial ni totalmente, sin el previo permiso por escrito de los titulares del copyright. Todos los derechos reservados. Diríjase a CEDRO (Centro Español de Derechos Reprográficos, www.cedro.es o por teléfono 917021970) si necesita fotocopiar, escanear o utilizar algún fragmento de esta obra. Gracias por comprar una edición autorizada de esta obra y por respetar las leyes del *copyright*.

“Existe al menos un rincón del universo que,
con toda seguridad, puedes mejorar y eres tú mismo”.

ALDOUX HUXLEY

A todos los profesionales sanitarios

Agradecimiento, reconocimiento y aplausos.

El ganso mandarino se despide

Cuando me eligieron presidente de las aves del Parque Isla Dos Aguas eran unos tiempos complicados, muy complicados.

¡Vaya revuelo que había en el parque!

Todas las aves protestando y quejándose de las muchas cosas que los humanos estaban haciendo y que, a las aves, nos parecían que estaban mal, muy mal.

Las aves tenemos razón ¡Vamos! es una cuestión de sentido común.

Para que se desarrolle la vida en este mundo es imprescindible que el agua, el aire y la tierra estén limpios; si están sucios, vienen las enfermedades y todos los seres vivos perderemos.

Los humanos con su comportamiento están enfadando a la Naturaleza.

La Naturaleza ya nos está avisando: unas veces con lluvias muy fuertes que lo inundan todo, otras veces no cae ni una gota de agua, todo está muy seco y hace mucho calor ¡Calor y más calor!, o sopla un aire tan fuerte que se lleva por delante todo lo que encuentra a su paso.

Estos cambios tan bruscos nos están afectando a todos los seres vivos, a todos. ¿Es que no se dan cuenta?

¡Mandarino! me dije, pues sí que empiezas bien la Presidencia.

Ser presidente es un cargo de mucha responsabilidad y cuando hay problemas lo primero que hay que hacer es: reunirse con todos y escucharlos para que expongan sus quejas, después, decidir qué medidas hay que tomar y luego comunicarlas para que los interesados se enteren ¡Normal!

Así que, ante esta difícil situación, no lo pensé dos veces y convoqué la primera "Junta General de las Aves" del Parque Isla Dos Aguas.

En la Junta, todas las aves manifestaron su descontento, expusieron sus problemas y se decidió por unanimidad que había que comunicárselo muy pronto a los humanos, y la forma más rápida para poner las cosas claras era con un AVISO.

El AVISO era una advertencia, muy seria, donde señalábamos todo lo que nos parecía que hacían mal los humanos; eso sí, se lo poníamos de una manera muy suave y con mucho "cuidadito" para no molestarles.

Tampoco queríamos que pareciese una protesta, porque entonces nos tomarían por conflictivos, y si se enfadaban ¡La que se iba a armar! podrían tomar alguna represalia y las aves tendríamos las de perder y pagaríamos el pato y la pata.

Bueno, la verdad es que como estábamos preocupadas, pero que muy preocupadas, reconozco que en la última parte del AVISO, un poco sí que les regañábamos por creerse muy listos. Lo que poníamos era:

La NATURALEZA no la habéis inventado vosotros, no os creáis tan listos.

La NATURALEZA no es solo para vosotros, es de todos los seres vivos.

La NATURALEZA se está empezando a enfadar y nos avisa con fuertes lluvias y grandes sequías, pero cuando se enfade de verdad, se defenderá para recuperar todo lo que vosotros la habéis ido quitando.

Seguramente esto no les iba a gustar, pero teníamos que decir la verdad ¡Normal!

A partir de ahí… ya quedaban informados.

¡A ver si se enteraban de una vez!

¡Vamos! Si se sentían aludidos.

Las aves no podíamos hacer nada más, ahora, solo nos quedaba tener paciencia, esperar, y… a ver qué pasaba.

Estaríamos muy atentas observando su comportamiento y su reacción, pero, a decir verdad, esta situación de incertidumbre nos disgustaba y nos asustaba.

Las sencillas y humildes aves de este precioso parque tenemos mucha razón y creemos que los humanos no están cuidando a la Naturaleza.

No pasó mucho tiempo cuando, de repente, los humanos dejaron de venir al parque. Nadie, nadie, no venían ni humanos grandes ni humanos pequeños.

Lo primero que pensé fue ¡Mandarino te has pasado! el AVISO no era solo una advertencia ¡Les cantaste las cuarenta! ¡Era una regañina en toda regla!

Y empecé a preocuparme muy seriamente.

Los ánades reales decidieron volar a la ciudad para poder ver a los humanos y se encontraron con la sorpresa de que las calles estaban vacías ¡Tampoco había humanos en la ciudad!

Algo no iba bien ¿Qué estaba ocurriendo?

Parque Isla Dos Aguas sin humanos

Qué extraño era todo ¡No había humanos en el parque ni en la ciudad! Esta ausencia nos provocaba una situación inquietante y confusa, a la vez que se percibía un silencio tenso y desconocido.

Las aves solas en el parque ¡No! no queríamos eso, el parque es de todos, aquí las aves y los humanos aprendemos a conocernos, relacionarnos y respetarnos.

Un día, otro día, y no venía ningún humano ¡Cuánto les echábamos de menos! Todos los días, desde primera hora de la mañana, estábamos acostumbradas a la compañía de los humanos que paseaban tranquilamente y nos miraban con curiosidad; pero, sobre todo, lo que más añorábamos eran las risas de los pequeños humanos que llenaban de vida y alegría el parque.

Y ahora, de repente, encontrarnos solas, no se podía explicar.

Era raro, muy raro.

Pasaron muchas lunas, muchas, hasta que ¡Por fin! un día vimos a un humano que entraba al parque, muy despacio, como desorientado.

Poco a poco fueron viniendo más humanos, andaban muy lentos, como con pena y no se juntaban, iban solos.

Una barnacla cariblanca se dio cuenta y alertó ¡Los humanos vienen con la cara tapada! ¡Vienen con la cara tapada! solo se les ve los ojos.

Nos reunimos todas las aves del parque: los gansos pomerania, las ocas ampurdanesas, las barnaclas cariblanca, los ánades reales, palomas, mirlos, lavanderas, carboneros, herrerillos, gorriones… todas estábamos sorprendidas al ver así a los humanos.

Cuando hace frío, los humanos se ponen mucha ropa, se tapan la cara y hasta la cabeza y solo les vemos los ojos ¡Pero es cuando hace mucho frío! ahora no hace frío, entonces ¿Por qué se tapan la cara?

La oca Cuca escondida, escuchando lo que hablan los humanos.

Cuca, una oca ampurdanesa, muy cotilla, se colocó detrás de un seto para escuchar lo que hablaban unos humanos y los oyó decir que tenían miedo, mucho miedo, porque un mal invisible y muy contagioso estaba atacando a los humanos y que, si entraba por su nariz o por su boca, podían enfermar y se podían morir, que era horrible.

Los humanos no sabían lo que estaba pasando, estaban angustiados porque era un mal desconocido.

Desconsolados y con los ojos llorosos decían: ¡Es una pandemia! ¡Es una pandemia!

Al mal invisible lo llamaban coronavirus, sí, coronavirus, eso es lo que oyó Cuca.

También escuchó que, al principio de la pandemia, los humanos que mandan en la ciudad les prohibieron salir de casa para evitar los contagios.

Solo unos pocos humanos tenían permiso para salir a la calle y era solamente para hacer actividades o trabajos que eran muy necesarios, pero siempre tenían que taparse la boca y la nariz.

La situación era tan grave que, además, los humanos que ya se habían contagiado tenían que estar aislados ¡Pobrecitos!, aislados, ¡Qué solos tenían que sentirse!

Todas las aves teníamos mucha pena por lo que les estaba pasando a los humanos y nuestro mayor deseo, el más grande, era que fuesen muy fuertes para no caer en el desánimo, que se ayudasen unos a otros y que el mal invisible desapareciera lo antes posible.

Cuando las aves viajeras, las cigüeñas, garzas y cormoranes, después de hacer largos viajes llegaron al parque, comentaron que también estaba ocurriendo lo mismo en países lejanos.

Las ciudades estaban silenciosas, vacías, sin humanos.

La vida de los humanos, se había parado.

El coronavirus, se había extendido por toda la Tierra.

Era un mal que estaba causando mucho miedo, mucha tristeza y mucho dolor a los humanos.

¡Los humanos no tenían consuelo!

Por fortuna, había humanos que si que sabían lo que era el coronavirus, y rápidamente se reunieron para luchar contra este mal. Estos humanos eran los expertos.

Todos juntos, decidieron tomar medidas para vencer al coronavirus. Era todo un desafío y no había tiempo que perder.

Lo más importante y que corría más prisa era curar a los humanos que ya se habían contagiado. Para que estos humanos sanasen, había que darles los mejores cuidados poniendo todos los remedios contra este mal ¡Eso era lo primero que había que hacer!

Después, tenían que frenar al coronavirus, había que impedir que se extendiese y evitar que aumentasen los contagios. Para ganar este reto, los expertos declararon las normas, los remedios y recomendaciones necesarias, y se las comunicaron a todos los países para su cumplimiento.

Durante mucho tiempo, los humanos no pudieron salir de casa.

Cuando ya les dejaron salir, siempre tenían que llevar tapada la boca y la nariz para evitar los contagios.

Los humanos pequeñitos también volvieron al parque pero no les podíamos ver sus sonrisas. ¡Qué pena tener que taparse la cara con el aire tan bueno que hay en el parque!

Yo, como presidente, me arrepentí mucho de haberles reñido cuando en el AVISO les acusábamos de hacer algunas cosas mal. Sí, hacen muchas cosas mal, ¡Son humanos! pero es muy importante que hagan caso de los consejos de las aves:

TENEIS QUE CUIDAR Y RESPETAR A LA NATURALEZA

¡NO OS EQUIVOQUEIS HUMANOS!

LA NATURALEZA ES LA QUE MANDA

La pandemia duró mucho tiempo. Gracias a que se cumplieron las normas y se aplicaron los remedios que los expertos ordenaron, gracias a los cuidados especiales que se llevaron a cabo, gracias a que todos los humanos estuvieron muy unidos en esta lucha, gracias a todos, la pandemia se fue controlando poco a poco, hasta que ¡Por fin! se pudo derrotar al coronavirus.

En el parque ¡Qué alegría! ya volvíamos a ver la sonrisa de los pequeños humanos y escuchábamos sus sonoras risas ¡Como antes!

Para celebrarlo, muy contentas, pero que muy contentas, cantando como locas, las aves salimos a recibirles con esta PANCARTA.

¡HABEÍS SUPERADO LA PANDEMIA!

¡¡VIVA!!

Las aves salen a recibir a los humanos

Las aves os hemos echado mucho de menos, mucho, mucho. Tenéis que seguir viniendo al parque para que os encontréis bien y para disfrutar de la belleza de las cosas sencillas. Este parque ¡Es tan bonito!

Lo más importante en la vida es estar sanos y para no enfermar tenéis que quitar todo lo que envenena el aire, la tierra y el agua.

La oca Cuca nos ha estado informando de todo lo que os pasaba. La pandemia os ha herido y os ha causado mucho dolor ¡Habéis estado tanto tiempo aislados! Gracias a Cuca nos hemos enterado de que muchos humanos enfermaron por el coronavirus que apareció de repente y tuvieron que estar aislados y, también, que muchos humanos murieron.

Pero, ¿Qué sucedió? ¿Por qué atacó a los humanos? las aves no lo entendemos. ¿Porqué, por qué, pasan estas cosas tan tristes?

Mandarino, se ha hecho mayor

Me he hecho mayor, mi esbelto cuello de cisne se está arqueando, me canso mucho y tengo que agacharme porque las patitas me flaquean.

Últimamente hace mucho calor y tanto calor me sienta muy mal; no llueve nada, no cae ni una gota de agua y me estoy debilitando.

¡Estoy hecho un abuelo! no veo bien, creo que tengo cataratas. Cuando los humanos nos traen el maíz, me tengo que agachar para ver los granos ¡Cuánto me gusta el maíz! ¡Qué rico!

Ahora que ando despacio, tengo mucho cuidado y voy el último del grupo ¡Por si acaso! no sea que las aves jóvenes con su vitalidad e impaciencia me empujen y me atropellen.

Mandarino, no ve bien, cree que tiene cataratas.

Con tantos achaques, en la última Junta General de las Aves he decidido dejar la Presidencia para que se elija un nuevo presidente.

Sinceramente, creo que para hacer frente a tantos problemas que se presentan, es mejor tener un presidente joven y con energía.

Por unanimidad, ha sido elegido JUSTO, un ganso de Pomerania.

Creo que va a ser un buen presidente. Es un ave muy respetada por todos, no es mandón, es muy espabilado, tiene sentido común y, sobre todo, es un ave del que te puedes fiar.

JUSTO tiene la esperanza de que como los humanos lo han pasado tan mal durante la pandemia, van a saber distinguir lo que es importante en la vida y, también, van a saber valorar y disfrutar de las pequeñas cosas.

Y ahora que no hace tanto calor y las aves estamos tranquilas y felices ¡Paciencia! los humanos están celebrando las fiestas de la ciudad y, otra vez, han vuelto a traer a este parque los tenderetes de feria ¡Menos mal que son pocos días! pero vienen un montón de humanos que hacen mucho ruido y ¡Me levantan una jaqueca!

Esos días, las aves con tanto jaleo estamos asustadas y solos nos podemos mover alrededor del estanque, nada más, y apenas comemos.

Recuerdo que hace muchos años, en otro parque que está muy cerca de aquí, los humanos también celebraban las fiestas de la ciudad; mi amo estaba montando su tenderete de feria y cuando se distrajo charlando con su vecino ¡Zas! aproveché la ocasión y me escapé, sí, me escapé, fui muy valiente.

Fue una decisión arriesgada, pero mereció la pena. En este parque, he tenido lo que más deseaba: vivir todos los días en libertad.

Ahora estoy en otra etapa de mi vida y ¡Qué coincidencia! también, como hace años, estoy a punto de escaparme; pero sospecho que esta huída será la definitiva.

Entonces yo era joven, valiente y deseoso de aventuras, ahora me he hecho mayor y estoy pachucho.

¡Cómo pasa el tiempo! parece mentira, pero desde que el mal invisible atacó a los humanos ya han caído tres veces las hojas de los árboles sobre la pradera.

Presiento que se acerca el final de mi viaje de la vida y que no llegaré a contemplar la próxima caída de las hojas.

¡Que no volveré a pisar las coloridas y bellas alfombras de hojas secas!

Otoño en el parque Isla Dos Aguas

Por eso, quiero despedirme de todos, de todos, humanos grandes y pequeños; no quiero que un día vengáis al parque, no me encontréis, y yo no me haya podido despedir.

No os pongáis tristes.

Vuestras visitas, me han hecho feliz, ¡Muy Feliz!

¡El ganso más feliz del mundo!

Adiós, hasta siempre.

MANDARINO

El ganso mandarino se despide

MANDARINO, una mañana…apareció flotando en el estanque.

No llegó a ver las nuevas y preciosas alfombras de hojas secas.

Buscó el reflejo del agua…para entrar en el sueño eterno.

El ganso MANDARINO fue el líder de las aves del parque Isla Dos Aguas. En septiembre de 2014, se escapó del Mercado Medieval instalado en el parque del Sotillo, a orillas del río Carrión, en Palencia, y se escondió en un remanso de este río llamado Once Paradas; permaneció allí hasta las riadas de abril de 2016, y debido al desbordamiento del río, MANDARINO fue arrastrado y apareció, no muy lejos, en el parque Isla Dos Aguas, lugar donde vivió hasta septiembre de 2023.

Mandarino es el protagonista de "El ganso MANDARINO" y "MANDARINO Se despide" y desde estos sencillos y humildes relatos nos está pidiendo que,

CUÍDEMOS, RESPETEMOS Y ESCUCHÉMOS A LA NATURALEZA.